À Oscar.

Conforme à la loi n° 49956 du 16 juillet 1949
sur les publications destinées à la jeunesse
ISBN : 978-2-09-250836-7

LE CACHALOT NAGE DANS LE POTAGE

Cinq enquêtes lamentables d'Oscar le Cachalot

Emmanuel Trédez
Illustrations de Pronto

Nathan

PRÉAMBULLE

Dédé le Calmar et Oscar le Cachalot s'étaient assis sur un banc de poissons pour souffler un peu après leur jogging matinal.

– Alors c'est vrai, Oscar, tu prends ta retraite ?

– Eh oui, Dédé, c'est décidé, je quitte la police.

Dans quelques mois, le cachalot rendrait sa plaque d'inspecteur et son pistolet, après quarante ans de bons et loyaux – disons loyaux – services dans la police.

– Le chef a tout fait pour me retenir, se vanta le cachalot. « On a besoin de gens comme vous, Oscar, qu'il m'a dit. Restez encore un an, je vous le demande comme une faveur ! »

– Et qu'est-ce que tu lui as répondu ?

– Quand les poulpes auront des dents, commissaire !

Oscar le Cachalot avait une fâcheuse tendance à embellir la réalité. Car le commissaire Bélouga n'avait jamais tenu l'inspecteur pour un bon policier. Au contraire, le cachalot avait sans doute été l'un des plus mauvais inspecteurs de sa génération, de ceux qui font arrêter les innocents et laissent courir les coupables. Un miracle qu'il n'ait jamais été rétrogradé et affecté à la circulation, comme un vulgaire plancton !

– Ta vie de policier ne va pas trop te manquer ?

– Un ou deux collègues peut-être : Firmin Bélouga, Romain le Marsouin… Bah… Je déjeunerai avec eux de temps en temps…

L'orgueilleux cétacé ne pouvait avouer à son ami qu'il ne supportait plus la peur, la fatigue, les humiliations… Qu'il ne pouvait plus voir certains collègues en peinture, surtout Harry, ce hareng ambitieux qui convoitait son poste depuis si longtemps.

– Et tu as des projets ? s'enquit Dédé.

– Oh, rien de très original : acheter une petite maison à la campagne, plantée au beau milieu d'une prairie d'algues, aller à la pêche à la ligne et couler des jours heureux auprès de mon épouse.

Le cachalot n'avait plus que trois mois à tenir : quatre-vingt-douze jours exactement. Si seulement les malfrats pouvaient le laisser un peu tranquille d'ici là !

1

AFFAIRE CLASSÉE, FAUTE DE PIEUVRE

Avec son intelligence, largement au-dessus de la moyenne, et tous ses diplômes, Adèle la Pieuvre aurait pu être ministre ou pédégère. Mais elle avait dix petits à nourrir et, en attendant de trouver un métier à sa mesure, elle avait accepté un emploi de serveuse au bar des Abysses, à vingt mille lieues sous les mers.

Dédé le Calmar, le patron du bar, avait vraiment fait une affaire : grâce à ses huit bras, la pieuvre abattait le travail d'au moins trois employés. Les anciens serveurs, deux hippocampes fort stylés, étaient si lents en comparaison qu'ils avaient été renvoyés peu après son arrivée.

Ce soir-là, la pieuvre avait pris son service un peu plus tard que d'habitude. Lola, sa fille cadette, couvait quelque chose et elle avait dû la conduire chez le médecin. Cela tombait mal, le bar était bourré à craquer. On était venu de loin assister au concert de Mina la Baleine. La diva, qui avait déjà roulé sa bosse sur toutes les scènes du monde, avait fait ses débuts ici même, trente ans plus tôt. Lors de ses tournées, elle ne manquait jamais de donner un ou deux concerts chez Dédé, en souvenir du bon vieux temps.

Adèle enfila son tablier et passa en salle. Le concert avait tout juste commencé. Magistralement accompagnée par Tong le Dugong à la contrebasse, Mina la Baleine faisait un malheur.

Pour rien au monde, Oscar le Cachalot n'aurait raté un concert de Mina. Comme de coutume, il avait réservé une table au premier rang. Le vieil inspecteur pouvait se vanter d'être le plus grand fan de la baleine, et pas seulement par la taille ! On disait même qu'il avait été amoureux d'elle autrefois : lorsqu'il portait des culottes courtes et qu'ils allaient à l'école ensemble !

À la gauche du policier, Max le Crabe et Ziggy le Homard, journalistes à la télévision, en pinçaient aussi pour Mina. Les deux crustacés étaient d'ailleurs en train de se mesurer au bras de fer pour savoir qui aurait l'honneur de lui offrir un verre à la fin du spectacle. À la table de droite, un épaulard en smoking fumait le cigare :

la grande classe ! Les autres tables du premier rang étaient occupées par de gros poissons, essentiellement des requins de la finance. Parmi les autres spectateurs, Adèle repéra tout de suite l'un des anciens serveurs du bar : Anselme l'Hippocampe, qui avait retrouvé un emploi, parlait bébé avec sa fiancée.

La pieuvre commença à passer de table en table pour prendre les commandes. Elle en profita pour réveiller un poisson-scie qui ronflait bruyamment et calmer les ardeurs de jeunes dauphins qui jouaient au flipper au fond de la salle.

Quelques minutes plus tard, Adèle portait six gros plateaux à bout de bras. Juste à ce moment-là, son téléphone sonna. C'était la nounou : Lola était brûlante. Malgré les médicaments du poisson-chirurgien, la fièvre n'était pas tombée.

Trop préoccupée pour bien faire son travail, la serveuse renversa par mégarde un plateau sur un des clients. Copieusement arrosé, Rocky, un terrifiant requin blanc, la foudroya du regard et lui montra les dents ; des dents coupantes comme des rasoirs ! Mina s'était arrêtée de chanter et toutes les têtes ou presque s'étaient tournées vers le requin et la pieuvre. Adèle sentit qu'elle allait passer au hachoir. Prise de panique, elle fit ce que ferait n'importe quelle pieuvre en pareille situation : elle expulsa toute l'encre qu'elle put. L'obscurité gagna vite l'ensemble de la salle, puis un fracas de vaisselle se fit entendre.

Quand le nuage se dissipa enfin, Adèle était étendue par terre, immobile, et ses tentacules baignaient dans un liquide poisseux et coloré.

– Que personne ne sorte ! tonna Oscar le Cachalot. Je me charge de l'affaire !

À côté du corps, ces mots avaient été tracés en lettres rouges sur le sol :

Ziggy m'a zigouiller

Avant de rendre son dernier souffle, Adèle avait donc désigné son meurtrier. Quoique sincèrement affecté par la mort de la serveuse, Oscar ne put s'empêcher de se frotter les nageoires : « Enfin une affaire classée ! » Il sortit de son imperméable une paire de menottes et s'avança vers Ziggy le Homard d'un air décidé.

– Fais pas le marlin, Ziggy ! Tends-moi gentiment les pinces et tout ira bien.

– Je n'y suis pour rien, moi ! se défendit le homard. Demande à Max. Nous étions en plein bras de fer quand la salle s'est trouvée plongée dans le noir.

– C'est exact, confirma le crabe. Et j'étais en train de gagner !

Ce que le homard contesta vivement.

– Hum… Étrange… fit le cachalot, déconcerté.

Mais il retrouva vite sa belle assurance.

– Tout est clair ! s'exclama-t-il. C'est le meurtrier qui a écrit ces mots en lettres de sang avec le tentacule de la victime. Il espérait ainsi faire accuser le homard à sa place…

Oscar jeta un regard sur l'assistance pour apprécier l'effet de sa brillante déduction. Puis il s'approcha du requin.

– Je sais que c'est toi, Rocky. Tu n'as pas supporté la maladresse de la pieuvre et tu l'as liquidée.

Pour lui arracher des aveux, Oscar

braqua sur le requin un poisson-lanterne.

– Avoue ton crime.

– Je ne l'ai pas tuée ! clama Rocky.

– Allons, allons... Tout le monde a vu le regard que tu lui as jeté. Comme si tu allais la saigner sur-le-champ.

– Je reconnais que l'idée m'a traversé l'esprit, mais je sais me maîtriser ! D'ailleurs, poursuivit le requin après un bref silence, qu'est-ce qui prouve que je l'ai blessée ? As-tu relevé des traces de morsure sur la pieuvre ?

Le cachalot pâlit. Dans le feu de l'action, il avait omis d'examiner le corps.

– Et mes dents, elles sont ensanglantées ?

Le requin ouvrit sa grande gueule. Oscar dut se rendre à l'évidence : ses dents blanches, enfin... blanchâtres, n'avaient pas servi. L'inspecteur fit quelques pas et se pencha sur le cadavre. Il n'y avait pas le moindre filet de sang sur le corps d'Adèle, ni la moindre empreinte de dents. Juste une bosse, une énorme bosse derrière la tête.

L'affaire se compliquait. Le cachalot commençait à faire la grimace.

– Elle a été assommée, conclut l'inspecteur.

– Je te préviens, je ne l'ai pas frappée non plus, fit le requin. Je ne suis pas marteau !

– Pourtant, je ne rêve pas, c'est bien avec du sang qu'on a tracé ces mots… pensa tout haut le cachalot, vraiment désemparé.

– Du sang ! pouffa Dédé le Calmar. Ça m'a plutôt l'air d'être du jus de tomate, ton sang ! Il y en avait plusieurs verres sur les plateaux d'Adèle.

Comme le cachalot gardait le silence, le requin revint à la charge, plus agressif :

– Dire que tu m'as accusé sans avoir

même jeté un œil sur le corps de la victime ! C'est à peine croyable !

– C'est assez ! se fâcha Oscar.

– Cétacé, toi-même ! marmonna Rocky.

Gagné par la nervosité, le cachalot se mit à nager de long en large.

C'était le moment ou jamais de faire appel aux bonnes vieilles techniques policières. « Cherche à qui le crime profite », se remémora-t-il avant de balayer la salle du regard. Lorsqu'il aperçut l'hippocampe, l'ancien serveur du bar, il esquissa un large sourire. Cette fois, il tenait son coupable !

– C'est toi, gredin ! fit-il en l'empoignant. À cause d'Adèle, tu as perdu ton emploi. Tu as voulu te venger d'elle et tu l'as assassinée.

– Je n'ai pas lâché la nageoire de ma fiancée de toute la soirée ! protesta le cheval de mer.

Ce que la jolie pépée confirma d'un charmant battement de cils.

– Et puis, je n'en veux pas à Adèle, ajouta Anselme. Elle n'est pas responsable, la pauvre. C'est le vieux – Dédé ! – qui m'a viré…

D'un signe de la tête, il désigna le calmar.

– Mais alors, qui a fait le coup ?! tempêta le cachalot, qui perdait patience.

Dédé le Calmar, qui se tenait appuyé contre un pilier, observait la scène en ricanant. D'habitude, Oscar et lui étaient de bons amis, mais aujourd'hui, la vérité passait avant l'amitié. Le cachalot se planta devant le patron du bar et se lança dans un nouvel interrogatoire :

– Et toi, Dédé ? Tu avais fait des avances à Adèle, à ce qu'il paraît…

Tout le monde savait que le patron du

bar avait le béguin pour la jolie serveuse.

– Des avances sur salaire, nuance ! corrigea le calmar. Elle avait besoin d'argent.

– C'est ce qu'on dit ! répliqua Oscar, qui ne voulait rien entendre. Adèle n'a pas voulu céder, et tu l'as supprimée.

Dédé agita d'un air menaçant ses deux immenses tentacules.

– Surveille ton langage, défia-t-il l'inspecteur, j'ai le bras long !

En effet, le calmar connaissait des gens haut placés dans la police. Oscar retrouva aussitôt son calme. Alors seulement, il réalisa l'absurdité de son accusation.

Dédé étant hors de cause, la question restait posée : qui avait tué la pieuvre ? Tandis qu'Oscar recouvrait ses esprits, un jeune dauphin se risqua à donner son point de vue :

– Dites, vous ne trouvez pas ça bizarre,

cette faute d'orthographe ?

Jusqu'ici, personne n'y avait prêté attention. Mais, tout à coup, elle devenait énorme, on ne voyait plus qu'elle : écrire « m'a zigouiller » avec un infinitif ! Il fallait le faire, tout de même !

– C'est ce que j'ai pensé dès le début, mentit l'inspecteur. Le meurtrier a une orthographe déplorable, c'est évident.

Oscar n'en menait pas large. Il n'y avait à sa connaissance qu'un animal au monde capable de faire une faute pareille : son amie Mina la Baleine. Elle avait toujours été nulle en orthographe. Il en savait quelque chose, ils avaient été à l'école ensemble. Et ça n'avait pas dû s'arranger par la suite, car la presse à scandale ne manquait jamais une occasion de l'égratigner à ce propos. Pour vérifier ses soupçons, l'inspecteur s'approcha d'un pilier et arracha l'affiche du concert. Elle était truffée de fautes.

Encore sous le choc, il rejoignit la suspecte sur la scène.

– L'orthographe n'a jamais été ton fort, pas vrai, Mina ?

– Tu le sais bien, Oscar, acquiesça-t-elle en souriant. Allons, ne te fatigue pas, va ! J'avoue tout. C'est moi qui ai écrit ces mots.

Des soupirs d'étonnement et de consternation se firent entendre dans la salle.

– Mais pourquoi, Mina ? Pourquoi avoir tué cette pauvre Adèle ?

– Hein ? Je ne l'ai pas tuée ! sursauta la baleine. D'ailleurs, je la connaissais à peine.

– Co... Comment ? Tu ne l'as pas tuée !? bredouilla Oscar.

– Bien sûr que non ! Quand je l'ai entendue tomber, j'ai tout de suite pensé que Rocky l'avait égorgée. J'ai failli en avoir une attaque !

– Parce que Rocky et toi…

– Oui, nous sommes ensemble depuis six mois. Tu ne lis donc pas les journaux ?

Oscar eut un petit pincement au cœur, mais il n'en laissa rien paraître. De toute façon, l'inspecteur était marié.

– Alors j'ai profité de l'obscurité pour écrire à tâtons le message avec le tentacule de la pieuvre, poursuivit la baleine. Je voulais protéger Rocky. Je l'aime, Oscar, tu comprends ? Je ferais n'importe quoi pour lui.

Et elle se tourna vers le requin, les yeux emplis d'amour.

– Oui, même faire accuser un innocent ! C'est monstrueux ! s'indigna le cachalot. Qu'est-ce qu'il t'a fait, Ziggy ?

– Il m'a hu-mi-liée, si tu veux le savoir !

Jamais on ne m'avait fait un tel affront ! Sais-tu qu'il a osé défier Max au bras de fer ! Sous mes yeux, en plein concert, tu imagines ! Inutile de te dire qu'au moment de désigner un coupable, je n'ai pas hésité un seul instant. Cependant, je ne me suis pas méfiée de mon orthographe. Dommage ! Enfermé pendant quelques mois dans une huître géante, le homard aurait eu le temps d'apprendre les bonnes manières !

– Note que ç'aurait été drôle, pouffa Dédé, un homard qui se fait pincer !

Le cachalot n'avait pas envie de rire. Il se prit la tête entre les nageoires. Cette affaire le dépassait complètement.

C'est alors que Max le Crabe s'écria :

– Mais elle n'est pas morte, Adèle !

À la surprise générale, la pieuvre avait en effet ouvert les yeux.

– Aïe, aïe, aïe ! gémit-elle. Ma tête !

Dédé le Calmar s'élança vers elle pour l'aider à se relever.

– Que s'est-il passé, Adèle ?

– Je ne sais pas. Je me suis évanouie, expliqua-t-elle à son patron. Et j'ai dû m'assommer en tombant par terre.

Mina partit d'un grand éclat de rire, d'un rire inimitable dont seules les baleines sont capables.

– Tu peux te vanter de nous avoir fait une belle frayeur, Adèle ! confia le calmar. On t'a crue morte, assassinée. Tu aurais vu la brillante enquête du cachalot ! Il t'a trouvé cinq meurtriers en moins de dix minutes !

Oscar lui lança un regard noir.

– Je suis désolée pour la casse, s'excusa la pieuvre, j'ai eu si peur.

Soudain, elle se souvint du requin qui lui faisait face une demi-heure plus tôt, de son air terrifiant, de ses dents monstrueuses. Elle revit le moment où il allait lui sauter à la gorge. Toute frissonnante, elle chercha Rocky des yeux.

– Salut, poupée ! lui fit le requin en la gratifiant de son plus beau sourire. Pardonne-moi pour tout à l'heure… Je me suis énervé bêtement.

– C'est… C'est moi qui m'excuse pour ma maladresse, répondit-elle, confuse.

– Bon, bon… Ce n'est pas bientôt fini, les politesses ! se moqua Dédé. Tournée générale ! On va boire à la santé d'Adèle !

Des cris de joie accueillirent la proposition du patron. Tous approchèrent du bar. Tous sauf Oscar, qui, ridiculisé, gagnait discrètement la sortie. Mais la tentative du cachalot ne put échapper à la vigilance du calmar. Il le rattrapa par la manche de l'imperméable.

– Ne fais pas ton fada, Oscar ! Oublions tes accusations stupides et levons plutôt nos verres à ta plus belle enquête. Affaire classée… faute de pieuvre, ça se fête, non ?

2
MURÈNE D'UN JOUR

Ce soir-là, dans son gigantesque palais des Profondeurs, le roi des Congres donnait une réception en l'honneur d'Irène la Murène, sa septième épouse. Après six divorces, Son Altesse jurait que cette fois-ci était la bonne.

Décor magnifique, orchestre d'ambiance, buffet gargantuesque, champagne à gogo… La soirée promettait d'être inoubliable. Tout ce que la mer comptait de têtes couronnées, de gros poissons de la politique ou du monde des affaires et de vedettes en tout genre avait répondu présent : il y avait là tout le gratin de poissons et de crustacés. De nombreuses attractions étaient prévues. La plus attendue était le numéro de Pipo, un irrésistible poisson-clown. Les caméras de TM7, la chaîne de télévision marine numéro 7, couvraient l'événement en direct.

Oscar le Cachalot n'était pas habitué à ces mondanités. Il n'était là qu'en qualité de président du club de pétoncles (l'autre nom du « jeu de boules ») local, dont le roi des Congres était membre bienfaiteur. Le cétacé promena un regard étonné sur la foule des invités. Entre deux célébrités, il reconnut quelques vieilles connaissances : Dédé le Calmar assurait la restauration ; Adèle la Pieuvre, très chic dans son tailleur rouge, était désormais à la tête d'une grosse entreprise (« Et dire qu'il y a un mois, elle était encore serveuse au bar des Abysses ! » songea Oscar, admiratif) ; Mina la Baleine avait promis de chanter en fin de soirée (la diva était accompagnée de l'inévitable Rocky le Requin, son fiancé – décidément, le cachalot ne l'aimait pas beaucoup, celui-là) ; enfin, Ziggy le Homard réalisait le reportage télé pour le compte de TM7. Oscar lui serra la pince.

Toute la salle attendait que la jeune mariée fasse son apparition. Jusqu'ici, le roi des Congres avait caché sa future épouse aux yeux du monde et les invités étaient curieux de voir à quoi ressemblait l'heureuse élue. Mais ils avaient surtout hâte d'admirer le somptueux collier de perles que le roi lui avait offert. On disait qu'il l'avait payé une fortune.

Les habituels commérages allaient bon train :

– Elle doit être bien vilaine, cette murène, pour n'être jamais sortie de son trou jusqu'à ses dix-huit ans ! entendait-on.

Ou encore :

– Ce n'est pas parce qu'il y a « reine » dans son nom qu'elle sera à la hauteur !

Pour tuer le temps, Oscar le Cachalot observa longuement un grangousier qui n'avait pas quitté le buffet un seul instant et s'empiffrait de petits-fours. « Une vraie tête d'assassin, ce poisson ! » pensa-t-il. Peu après, il avisa Rita l'Étoile de mer. Il n'eut alors plus d'autre idée en tête que de lui demander un autographe. Depuis qu'elle s'était rangée, cette cambrioleuse de génie – qu'il n'avait jamais réussi à mettre derrière les barreaux – avait fait une très belle carrière dans le cinéma. Hélas ! Les admirateurs qui l'entouraient formaient un rempart quasi infranchissable.

Soudain, un cri retentit dans la salle, qui fit taire l'orchestre :

– Ciel, mes bijoux !

Effondrée en haut du grand escalier, Irène la Murène pleurait toutes les larmes de son corps. Elle dut donner une bien affreuse impression aux invités qui la voyaient pour la première fois ! Sa tête était déformée par le désespoir et son maquillage coulait sur sa délicate robe blanche.

– Ils ne sont plus dans le coffre ! pleurnichait-elle en secouant la tête.

L'huître était vide. On avait volé le fameux collier de perles.

On se mit à dévisager le grangousier. Il n'avait pas de carton d'invitation et la face hideuse de ce poisson des bas-fonds ne revenait à personne. Au moment où quelques excités s'apprêtaient à lui faire sa fête, Oscar intervint :

– Lâchez-le !

Sans hésitation, le roi des Congres lui apporta son soutien :

– Oscar le Cachalot est inspecteur de police. Qu'on le laisse faire son métier !

– Le grangousier n'y est pour rien, expliqua l'inspecteur. Je l'ai bien observé… Il n'a pas quitté le buffet depuis son arrivée. Il a peut-être abusé des petits-fours…

– Jamais vu un ventre pareil ! acquiesça Dédé le Calmar.

– … mais il n'a pas volé le collier. Je le garantis.

Le cachalot se tourna vers la jeune mariée.

– Pouvez-vous me dire, madame, quand vous avez vu votre bijou pour la dernière fois ?

– Il devait être seize heures, répondit-elle, l'heure à laquelle je me suis couchée. Car je fais toujours une sieste dans l'après-midi. C'est bon pour le teint.

– Et à quelle heure vous êtes-vous réveillée ?

– Vers dix-huit heures. Je me suis mise à ma toilette. Ensuite, j'ai appelé Ernestine la Langoustine, ma femme de chambre, pour qu'elle m'aide à me maquiller et m'habiller, puis j'ai ouvert le coffre. Vous connaissez la suite…

– Vous faites confiance à votre femme de chambre ?

– Je réponds d'elle, inspecteur, assura la murène.

– Ainsi que de tout le personnel, ajouta le congre.

– Dans ces conditions, conclut Oscar, le vol a vraisemblablement été commis entre dix-sept heures, heure d'arrivée des premiers invités, et dix-huit heures, heure de votre réveil. Et maintenant, madame, si vous le voulez bien, conduisez-moi au coffre.

Dans la chambre de la murène, l'inspecteur examina soigneusement l'huître vide en présence des deux époux. Le cachalot hocha la tête.

– Alors ? s'impatienta le roi des Congres.

– C'est un travail de pro. On jurerait que l'huître n'a jamais été forcée. Je ne connais qu'une cambrioleuse au monde capable d'une telle prouesse : Rita Bras-Agiles.

Ils redescendirent l'escalier. D'un geste de la nageoire, Oscar désigna Rita l'Étoile de mer qui continuait de se pavaner devant ses fans.

– Rita Bras-Agiles, reprit-il, on la surnommait ainsi, dans le milieu des truands, avant qu'elle ne devienne une grande star de cinéma.

– Quoi ? Vous accusez Rita du vol ?! s'indigna le roi des Congres. Vous n'y pensez pas, inspecteur !

Cependant, Rita l'Étoile de mer, entendant son nom, s'était approchée du petit groupe.

– L'inspecteur prétend que vous avez forcé le coffre et dérobé le collier, lui rapporta le congre un peu abruptement.

– C'est complètement ridicule ! s'insurgea l'étoile de mer. Forcer un coffre ? Une faible créature comme moi ?

– Arrête ton cinéma, Rita ! Ou devrais-je dire : Rita Bras-Agiles ? Te fatigue pas, va. J'ai mis Leurs Majestés au courant !

L'étoile de mer s'empourpra. Elle était furieuse que le cachalot ait ainsi étalé son passé de cambrioleuse au grand jour.

– C'est de l'histoire ancienne !

– Pas tant que ça, rétorqua l'inspecteur. Les journaux racontent que tu serais prête à tout pour des bijoux. On dit qu'ils sont tes seuls amis !

– Mes fans ne m'ont pas lâchée de toute la réception. Comment aurais-je pu dérober le collier ?

Le cachalot eut un moment d'hésitation. Mais il revint vite à la charge :

– Tu avais un complice, pardi ! Je vois ça d'ici : il repère le coffre et te prévient quand la voie est libre. Tu fais mine d'aller aux toilettes et tu te glisses dans la chambre. Là, tu ouvres l'huître – un jeu d'enfant pour toi ! – et tu t'empares du bijou. Qu'est-ce que tu en dis, Rita ?

– Que ça ne tient pas debout !

– En tout cas, que cela te plaise ou non, je vais devoir te fouiller.

L'inspecteur joignit aussitôt le geste à la parole. Avec un peu trop de zèle, peut-être.

– Eh ! Bas les nageoires !

La fouille ne donna rien. L'étoile de mer n'avait pas le collier sur elle. Oscar le Cachalot marqua une nouvelle pause.

– Ça ne prouve rien, fit-il enfin. Tu as très bien pu refiler le bijou à ton complice : celui-ci se charge de le planquer pendant que tu regagnes la salle tranquillement. C'est ce qui s'est passé, non ?

– Si je te réponds non, tu me croiras ? Hum... C'est bien ce que je pensais ! Alors dis-moi, puisque tu es si fort, où aurions-nous caché le collier, mon complice et moi ?

– Je ne sais pas, moi. Dans le tiroir de ce buffet, dans le coffre de cette horloge... Ou bien, tiens, dans ces splendides anémones, pourquoi pas ?

Tout en prononçant ces paroles, Oscar pointa la nageoire vers un énorme bouquet d'anémones, au pied du grand escalier. Il eut alors l'intuition que le collier se trouvait entre leurs redoutables tentacules. On ne pouvait rêver meilleure planque : le poison qu'ils contenaient dissuadait les curieux d'aller y voir de trop près.

Le cachalot emprunta la canne d'un vieux rorqual et entreprit d'examiner le bouquet d'anémones. Au bout de quelques instants, il en sortit, comme par magie, deux portefeuilles, trois bracelets, une dizaine de boucles d'oreilles… et un collier de perles. Oscar savait que seul un poisson-clown, étant immunisé contre le poison, pouvait s'approcher sans risque d'une anémone. Il chercha Pipo des yeux. Il l'aperçut juste au moment où il s'enfuyait par la fenêtre. Sur le point d'être démasqué, Pipo le Poisson-Clown avait pris la poudre d'escampette. Qu'importe ! Aux yeux d'Oscar, seul comptait le fait qu'il ait démêlé cette affaire.

L'inspecteur savourait son triomphe. Il se dirigea vers l'étoile de mer et lui passa les menottes.

– Tu peux dire adieu à ta carrière, Rita. Dommage, tu avais du talent.

– Je te jure, je n'y suis pour rien !

– Il va falloir trouver autre chose pour convaincre les jurés.

La caméra dans la pince, Ziggy le Homard s'approcha alors du cachalot pour lui demander une interview.

– Tu es à l'antenne. Parle bien dans le maquereau, glissa-t-il à l'inspecteur avant de braquer sa caméra sur lui et de lancer l'enregistrement.

« Félicitations, inspecteur ! Vous avez

fait preuve d'un flair peu commun. Qui aurait pu en effet imaginer que Pipo le Poisson-Clown et Rita l'Étoile de mer, ces deux grands artistes, seraient mêlés à un vol de bijoux ? Qu'est-ce qui vous a mis sur la voie ? »

Intimidé par la caméra, le cachalot s'emmêla dans ses explications :

– Euh... Vous savez, ce métier, c'est 5 % d'expiration, ou plutôt d'inspiration, et 90 % de transpiration... Euh, non... 95 % !

Une exclamation d'Irène la Murène coupa court à l'interview :

– Mais ce n'est pas mon collier !

– Hein ?! sursauta Oscar.

– Eh bien, oui. Ces perles sont plus petites que les miennes, et surtout, elles sont fausses !

Oscar se décomposa. Pipo le Poisson-

Clown n'étant plus qu'un simple pickpocket, l'inspecteur en vint à douter que Rita ait ouvert le coffre. Et pourtant, en pratique, elle seule aurait pu faire le coup. Le mystère s'épaississait.

– Je me suis peut-être un peu emballé, Rita.

– C'est mon avis aussi. Dommage pour toi ! Tu aurais bien aimé épingler une étoile, pas vrai, shérif ?

– Détrompe-toi, fit Oscar tout en lui ôtant les menottes. Je préfère te voir sur les écrans de cinéma que derrière les barreaux. Ma femme et moi, on ne manque jamais un de tes films. À propos, puisque tu es tirée d'affaire, est-ce que tu accepterais de lui faire une dédicace ?

– Tu ne manques pas d'air, toi ! Mais c'est d'accord ! Je vais te le dédicacer, ton portrait ! C'est quoi son petit nom ?

– Macha.

Aussitôt, Rita donna une gifle magistrale à l'inspecteur.

– Voilà pour Macha ! Avec un peu de chance, ce soir, il y aura toujours mon empreinte. Tu pourras la montrer à ta femme !

Pendant ce temps-là, la caméra de Ziggy tournait toujours. Pour ne pas avoir l'air trop bête à l'antenne, Oscar se lança dans une nouvelle théorie :

– J'en connais un rayon, sur les vols de bijoux. Savez-vous que dans bon nombre de cas le voleur n'est autre que la victime elle-même !?

– Expliquez-vous, inspecteur.

– C'est simple, la victime fait croire à un vol pour toucher l'argent de l'assurance !

Aux mines offusquées des invités, Oscar comprit qu'il aurait mieux fait de se taire.

Le roi des Congres, qui était immensément riche, se fichait pas mal de cet argent.

– Mais bien sûr, cela ne s'applique pas à cette affaire, essaya-t-il de se rattraper.

Trop tard. Hors de lui, le congre avait déjà fait signe à ses gardes du corps, deux barracudas à la mine patibulaire, d'éjecter l'inspecteur.

« Oh, oh ! Il est temps que je me cache à l'eau ! » réagit Oscar, et il gagna rapidement la sortie.

Tandis que le cachalot tentait d'échapper à ses poursuivants, il heurta de plein fouet un poisson qui nageait dans l'autre sens. Il crut un instant l'avoir aplati ; par bonheur, c'était une limande ! Soudain, les yeux de l'inspecteur tombèrent sur un bijou qui, lors du choc, était sorti de son écrin.

– Le collier de perles ! s'exclama-t-il. Je te tiens enfin, brigand !

Quelques secondes plus tard, suivi par les deux barracudas, Oscar le Cachalot faisait un retour fracassant au château. Il tenait le collier de perles dans une nageoire et le voleur de bijoux par l'autre. L'inspecteur, qui n'avait pas le triomphe modeste, espérait bien que le roi des Congres lui ferait des excuses.

– Mais c'est le bijoutier ! s'étonna le congre lorsqu'il vit la limande. Qu'est-ce que vous faites là, vous ?

Comprenant sa nouvelle méprise, le cachalot poussa un profond soupir de découragement.

– Ben, j'apporte comme convenu le collier de Madame, expliqua la limande. Je suis désolé, je suis un peu en retard. Les embouteillages… Vous savez ce que c'est…

– Co… Comment ? bredouilla Oscar en se tournant vers Irène la Murène. Et vous avez osé prétendre qu'on vous l'avait volé !

Le cachalot la fusillait du regard.

– Tout le monde peut se tromper, inspecteur, fit-elle en rougissant. Ce n'est pas vous qui me contredirez, n'est-ce pas ?

« Et toc, pensa Oscar, bien fait pour moi ! »

– Juste avant de me mettre au lit, j'ai demandé à ma femme de chambre de rapporter d'urgence le collier au bijoutier pour qu'il répare le fermoir, et ça m'est complètement sorti de la tête !

– Quelle étourdie tu fais ! la gronda gentiment le roi des Congres en l'enlaçant. Et maintenant, que la fête reprenne ! Musique !

3

RÈGLEMENT DE COMPTES À CÔTÉ CORAIL

– Qu'en dis-tu, Oscar ? Je tire ou je pointe ?

La partie de pétoncles était bien engagée lorsque Dédé le Calmar sollicita une nouvelle fois son partenaire. Les deux amis s'étaient enfin réconciliés depuis la fausse mort d'Adèle la Pieuvre. Cette fois, Oscar n'eut pas le temps de répondre, car Adèle, justement, accourait en poussant des cris à vous fendre le cœur :

– On a enlevé ma fille ! Ma petite Dorothée !

Et elle s'effondra en larmes. Oscar et Dédé firent de leur mieux pour consoler la pieuvre. Elle se faisait un sang d'encre pour sa fille.

Quand elle se fut un peu calmée, elle leur montra le sordide paquet qu'elle venait de recevoir.

– En l'ouvrant tout à l'heure, avoua-t-elle, j'ai failli m'évanouir.

Oscar manqua aussi tourner de l'œil lorsqu'il découvrit à son tour le contenu du paquet : une portion de tentacule, l'un de ceux de Dorothée à n'en pas douter. Elle était enveloppée dans un papier sanguinolent sur lequel figurait l'avertissement suivant :

Si tu veux revoir ta fille vivante,
apporte-moi demain à minuit
50 000 nautilos en petites coupures
à Côté Corail, la boîte de nuit.
Ne joue pas au marlin avec moi
ou j'amputerai ta fille d'un autre tentacule.
Ignace l'Épaulard

– Qu'en pensez-vous, inspecteur ?

– C'est une demande de rançon.

– Je le sais bien. Mais que faut-il faire ?

– Payer, j'en ai peur.

– Impossible ! Je ne pourrai jamais trouver la somme qu'il demande !

– Alors bluffer… Il n'y a pas d'autre solution.

– Et si ça ne prend pas ? Ce fou furieux n'aura plus qu'à me couper les tentacules pour compléter sa collection…

– Pas question que vous y alliez, c'est

beaucoup trop dangereux. Si vous êtes d'accord, j'apporterai l'argent moi-même.

– Mais pourquoi, Oscar ?

– Parce que c'est mon métier, Adèle… Et accessoirement parce que je vous aime bien ! Laissez-moi faire. Je vous ramènerai votre fille, je vous le promets.

Le lendemain, à minuit, Oscar se trouvait devant Côté Corail, dans les bas-fonds marins. La boîte de nuit appartenait à Raoul le Thon. Les individus les plus louches s'y retrouvaient chaque soir. Instinctivement, le cachalot serra plus fermement la poignée de la valise. Celle-ci était bourrée de vieux journaux, cachés sous quelques rangées de nautilos pour faire illusion.

À l'entrée, un requin-marteau laissait passer ou refoulait les clients selon son humeur.

– Vous savez pas lire ? l'arrêta le videur. Crevette obligatoire !

Et il montra l'écriteau à droite de la porte.

Oscar sortit une crevette de la poche de son imperméable et la noua autour de son cou. Il entra et s'installa à une table, dans un coin tranquille.

– Qu'est-ce que je vous sers ? s'enquit le thon ventripotent.

– Un jus d'algue tonique, s'il vous plaît. Et prévenez Ignace l'Épaulard que je veux lui parler.

– C'est à quel sujet ?

– Montrez-lui ceci, je pense que ça vaut tous les discours…

Oscar posa sur le plateau le tentacule de Dorothée.

– Il avait rendez-vous avec une pieuvre, pas un cachalot.

– Dites-lui que je suis le parrain de la petite.

Pour passer le temps, Oscar jeta un œil sur la piste. Au son de la *Danse des calmars*, une pieuvre bougeait les tentacules avec grâce, tandis que, dans un tout autre style, une murène ondulait son corps langoureusement. Parcourant la piste de long en large, et surtout en travers, un crabe, qui avait bu un coup de trop, jouait les trouble-fête au milieu des danseurs. En outre, ce lourdaud de tourteau n'était jamais en rythme lorsqu'il faisait claquer ses pinces pour marquer les temps.

– Déjà qu'on est serrés ! se plaignit un dauphin.

– Question d'habitude ! soupira une sardine. C'est toujours la même chose dans ces boîtes à la mode !

À ce moment-là, un épaulard escorté

par deux requins-marteaux rejoignit Oscar à sa table.

– Ignace l'Épaulard, je présume ? fit le cachalot.

– Lui-même… À qui ai-je l'honneur ?

– Mon nom est Cachalot. Oscar le Cachalot.

– Vous avez l'argent ?

L'inspecteur posa la valise sur la table et tapota dessus d'un air entendu.

– Vous pouvez vérifier, bluffa-t-il, le compte y est.

L'épaulard esquissa un mouvement pour s'emparer de la valise, mais Oscar l'arrêta dans son élan.

– Vous avez la pieuvre ?

D'un geste, l'épaulard invita le cachalot à tourner la tête vers une porte dérobée, masquée par un rideau d'algues. Sur le seuil, deux autres requins-marteaux tenaient

Dorothée. La petite était bâillonnée et solidement ligotée.

– Libérez-la, exigea l'inspecteur, et la valise est à vous !

Sur un signe de l'épaulard, un des deux requins-marteaux la détacha et la laissa filer. La pieuvre se précipita vers le cachalot.

Au lieu de tendre la valise à son tour, Oscar le Cachalot la balança à la tête de l'un des gardes du corps, puis d'un coup de nageoire envoya valdinguer Ignace l'Épaulard. Dorothée sous une nageoire, la valise sous l'autre, il fonça tête baissée dans le ventre du second requin avant de prendre la fuite. Mais l'épaulard se releva rapidement et donna ses ordres. Aussitôt, des requins-marteaux surgirent de partout. En quelques secondes, deux d'entre eux barrèrent le chemin de la sortie à

Oscar, quatre autres se positionnèrent sur ses flancs. Le cachalot fut bientôt encerclé par huit requins-marteaux. Il se dit alors que sa vie ne valait plus un clou.

– Et tu comptais aller loin comme ça, avec MA valise ? hurla Ignace l'Épaulard. Donne-la-moi, et plus vite que ça !

Le cachalot la fit glisser jusqu'à lui.

Sans attendre, l'épaulard l'ouvrit. Rempli d'aise d'abord, à la vue des liasses de billets, il entra dans une rage folle lorsqu'il découvrit qu'elle était pour l'essentiel garnie de journaux.

– Quoi ? Des vieux papiers ! Tu me prends pour un poisson d'avril !?

Oscar baissa la tête, penaud.

– Dites-moi, monsieur, vous avez un plan ? demanda tout bas Dorothée, pas franchement rassurée.

– Un plan ? s'étrangla l'épaulard. Tu veux

rire ! Monsieur pensait te libérer tout seul, comme un grand, en jouant des biscoteaux. Il regarde trop la télé, ton ami, et pas assez les paquets qu'on prend la peine de lui envoyer. Le tentacule tranché ne t'a donc pas fait réfléchir !

– Quel tentacule tranché ? releva Dorothée.

– Silence, petite ! ordonna Ignace.

– Parle, au contraire ! l'encouragea Oscar. Tes huit tentacules sont donc entiers ?

– Euh... Oui, fit-elle en se tâtant les bras.

– Bon, d'accord, admit l'épaulard, c'était du bluff.

– Tu joues les durs, mais tu n'es même pas capable de couper un malheureux bout de tentacule, ironisa le cachalot.

– C'est la dernière fois que tu te moques de moi, l'avertit l'épaulard. Tu vas bientôt regretter d'être né, cachalot. Maintenant, dis tes prières !

– Police ! Je vous arrête ! lança Oscar pour gagner du temps. Rendez-vous sans opposer de résistance.

Et il sortit sa carte d'inspecteur. Son pistolet aurait fait plus d'effet, mais il avait dû le laisser au vestiaire.

– Un policier, voyez-vous ça ! ricana Ignace l'Épaulard. Eh bien, c'est ta dernière affaire, inspecteur !

Oscar se promit de vendre chèrement sa peau. Il rendrait coup pour coup et ça ferait du dégât.

L'épaulard donna le signal de l'attaque. Les coups se mirent à pleuvoir, le sang à gicler. Soudain, alors que le cachalot était près de baisser les nageoires, Dédé le Calmar fit irruption dans la boîte avec trois de ses cousins : de vraies armoires à glace ! Sans hésiter, ils se jetèrent dans la bataille. Cette fois, l'épaulard et ses requins-marteaux n'étaient plus de taille. Ensanglantés, couverts de bleus et de marques de ventouse, les affreux s'enfuirent par la porte de derrière.

Mis à terre par ses adversaires, Oscar se releva péniblement.

– Dédé ! Je n'ai jamais été aussi heureux de te voir !

– Tu ne croyais tout de même pas que j'allais rester chez moi les bras croisés, et te laisser jouer seul les sauveurs !

– C'était donc ça votre plan, monsieur Oscar ? intervint Dorothée.

D'un hochement de tête, Dédé encouragea son ami à répondre par l'affirmative. Le cachalot se lança alors dans un nouveau mensonge :

– Dédé et moi, on avait tout prévu, sauf

de régler nos montres. Tu as vu l'heure, Dédé ?

– Minuit et demi.

– C'est bien ce que je disais, tu retardes. Une minute de plus, et on y passait. Sois ponctuel, la prochaine fois !

Un peu plus tard, la petite troupe débarquait chez Adèle. La mère et la fille sautèrent dans les bras l'une de l'autre.

– Maman, j'ai eu si peur !

– C'est fini, ma chérie ! Et ton tentacule ?

– Intact. C'était juste une mauvaise blague !

– Je ne vous remercierai jamais assez, Oscar !

– Ce n'est pas moi qu'il faut remercier, Adèle, mais Dédé. C'était son idée, après tout.

– Oh, vous savez, ça ne cassait pas onze

pattes à un calmar, comme disait ma grand-mère.

– Ça veut dire quoi ? demanda Dorothée.

– Que ce n'était pas très difficile, ma chérie, mais je n'en crois pas un mot.

– En tout cas, conclut Oscar, Ignace l'Épaulard ne vous embêtera plus avant longtemps !

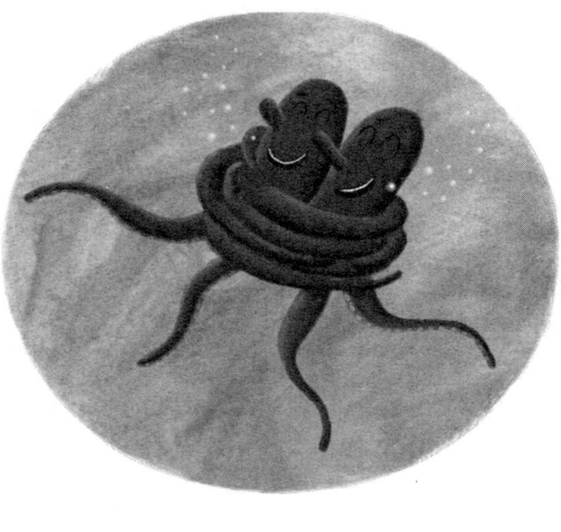

4

UN FAUX AIR DE FAUSSAIRE

Oscar le Cachalot et son épouse Macha s'étaient faits beaux pour leur trentième anniversaire de mariage. Pour une fois, Oscar avait mis un costume et troqué son éternel imperméable contre un manteau chic. Quant à Macha, elle portait la robe que son mari venait de lui offrir. Entièrement confectionnée à partir de coquillages, cette robe élégante était aussi ultralégère : il n'y avait pratiquement que des palourdes.

Ce soir-là, l'inspecteur emmenait son

épouse au concert. Oleg le Crabe, un violoniste virtuose, donnait un récital au Squale de mille ans, le célèbre auditorium. Dans la rue, Oscar et Macha se tenaient par la nageoire comme deux jeunes amoureux. Au-dessus de leur tête brillait un poisson-lune resplendissant. Les cachalots nageaient dans le bonheur. Hélas, l'enchantement fut de courte durée : lorsque Oscar se présenta au guichet pour acheter les billets, on lui refusa son argent.

– Qu'est-ce que cela signifie ? s'emporta l'inspecteur.

– Que la maison n'accepte pas les faux billets ! lui répondit la guichetière, une murène mal embouchée.

Oscar examina le billet. En bas à droite, il y avait en effet une petite coquille qui n'avait rien à faire là. Le cachalot sortit un deuxième billet, puis un troisième.

Le portefeuille entier y passa, tous les billets étaient faux ! C'était la troisième fois que cela lui arrivait cette semaine : d'abord chez le dentiste, puis au restaurant, maintenant au spectacle.

– Qu'est-ce qui te rascasse ? s'enquit Macha, restée un peu à l'écart.

– Je suis désolé, je ne vais pas pouvoir t'inviter au concert, ma chérie.

En réalité, ce qui turlupinait l'inspecteur, ce n'était pas tant le concert manqué – au contraire, il n'aurait pas à subir le crincrin du crabe violoniste ! – que le trafic de faux billets auquel il lui faudrait mettre fin.

– Ne t'inquiète pas… Nous aurons bien d'autres occasions d'aller au spectacle. Et puis, tu m'as déjà tellement gâtée !

– Tu es un amour, Macha ! Écoute, ce soir, il y a un bon film de cape et d'épée à la télé, avec Gaston l'Espadon et Gérard le Narval dans les rôles principaux. On n'a qu'à remettre notre sortie à une prochaine fois…

Le lendemain, Oscar décida de mener sa petite enquête dans le quartier. À la fin de la matinée, ça n'avait pas donné grand-chose. Il était assez découragé lorsqu'il poussa la porte du marchand de journaux. Sur le tourniquet, devant la boutique, la couverture d'un magazine populaire attira son attention : « Mina la Baleine fait un triomphe à Aquapolis. » Oscar prit un exemplaire et entra. Tout en sortant son portefeuille, le cachalot se mit à interroger la langouste qui se tenait derrière la caisse :

– Vous n'avez rien repéré d'anormal, ces derniers temps ? Pas de poisson louche ? Pas de faux billets ?

– Non, répondit la langouste. Excepté celui-ci !

Oscar avait complètement oublié de retirer les faux billets de son portefeuille. Confus, il rassembla à grand-peine quelques pièces qui traînaient au fond de ses poches, paya et sortit au plus vite.

Tout en nageant, Oscar se torturait les méninges pour savoir qui avait bien pu lui refourguer tous ces faux billets. C'était forcément un commerçant chez qui il avait effectué un gros achat…

– Bon sang, mais c'est bien sûr ! se rappela Oscar. La boutique de mode !

C'est là qu'il avait acheté la robe de sa femme. Il s'y précipita sans songer un instant qu'il détenait des faux billets bien avant d'acquérir la robe : le dentiste s'en était assez plaint !

Samantha la Raie, la directrice du magasin, ne sembla pas autrement surprise de le voir.

– Je vous attendais, lui dit-elle.

– Vous savez donc ce qui m'amène ?

– Les faux billets, je présume ?

– Exact. Et qu'est-ce que vous avez à dire pour votre défense ?

– N'inversez pas les rôles, tout de même !

Oscar regarda la directrice avec des yeux de merlan frit.

– Que voulez-vous dire ?

– Que vous avez payé la robe avec de faux billets !

Oscar blêmit. Pour une surprise, c'était une mauvaise surprise !

– Les billets sortant du portefeuille d'un policier, poursuivit la directrice, le vendeur ne s'est pas méfié. Tenez, les voici.

La raie posa plusieurs liasses de billets sur le comptoir. Le cachalot ne pouvait pas lui avouer qu'il s'était laissé refiler les billets comme un débutant : il aurait perdu la face. Il pouvait encore moins lui laisser croire qu'il avait tenté de l'arnaquer. Il devait absolument trouver une excuse plausible.

– C'était... C'était un test, finit-il par inventer. Vous avez été parfaite, félicitations ! Je vous rapporte le vêtement demain sans faute. Au revoir, madame la directrice.

Le cachalot sortit du magasin avant que la raie ne puisse ajouter le moindre mot.

Encore une fois, Oscar s'était couvert de ridicule. Mais au moins, il savait d'où venaient les faux billets : il avait payé la robe de sa femme avec l'argent qu'il avait gagné au tiercé. Le cachalot n'avait plus qu'à filer à l'hippodrome, histoire de rendre une petite visite à Titou le Mérou. Ce gros poisson peinturluré régnait sans partage sur le monde du turf.

Lorsque l'inspecteur arriva sur le champ de courses, c'était la folle ambiance. Une course d'hippocampes était justement en train de s'y disputer. Les spectateurs, tous debout, encourageaient ou sifflaient leurs favoris qui abordaient la dernière ligne droite.

Dans la tribune d'honneur, il aperçut le roi des Congres et sa femme.

« Tiens ! Irène ne porte pas son collier de perles ! » observa-t-il. L'avait-elle encore égaré ? Un peu plus loin se tenait Olga la Méduse, le mannequin vedette de chez Élise, la célèbre agence de top models. Elle était vêtue d'une magnifique robe transparente. Et juste derrière se tenait Raoul, le patron de Côté Corail : le thon n'en perdait pas une miette ! Au milieu de ses invités, Titou le Mérou passait d'un groupe à l'autre. Il avait un bon mot pour chacun. Plus bas, dans les gradins, Dédé le Calmar enlaçait Adèle la Pieuvre de tous ses bras, l'étouffant presque. « Ça marche fort entre eux deux », se réjouit Oscar.

La course était très serrée. Finalement, c'est Belle des Posidonies, le cheval de mer fétiche d'Oscar, qui l'emporta. Une victoire sans surprise. Les gagnants seraient nombreux et les gains, minuscules. Une baleine bleue, qui n'avait pas misé sur le bon hippocampe, s'écroula de dépit dans les gradins, faisant chanceler la tribune.

L'inspecteur se posta à quelques mètres des guichets et il se mit à interroger les turfistes qui avaient perçu leurs gains. Chaque fois, le constat était le même : les billets étaient faux. Le mérou et sa bande récupéraient du bon argent en prenant les paris et écoulaient les faux billets en distribuant les gains. Ainsi, il avait vu juste. Oscar se hâta de gagner la sortie pour aller chercher du renfort. Trop tard ! Le mérou, qui avait repéré son manège, avait fait garder toutes les issues.

– Haut les nageoires ! le fit sursauter un serpent marin. Un geste, et tu es mort !

L'inspecteur obtempéra. Il avait reconnu son agresseur. Recherché pour meurtres, le serpent avait son portrait dans tous les commissariats.

Oscar fut conduit devant Titou le Mérou. Un barracuda salement balafré et une pieuvre avec un bandeau sur l'œil droit, tous les deux peu engageants, lui servaient de gardes du corps.

– Tu es bien curieux, Cachalot ! Qu'est-ce que tu cherches ? Les ennuis ?

– Je cherche un fabricant de faux billets, Mérou. Ça te dit quelque chose ?

– Soit. Jouons cartes sur table. Combien veux-tu pour ton silence ?

– On ne m'achète pas, moi. Surtout avec des faux billets !

– Ah, tant pis pour toi ! Emmenez-le, vous autres. On verra plus tard ce qu'on fait de lui.

Les malfrats se firent un plaisir d'accompagner le policier jusqu'à sa cellule.

– Mettez ce grand échalas de cachalot dans ce cachot-là ! ordonna le serpent.

Oscar fut jeté sans ménagement dans une petite pièce toute noire, puis enchaîné.

Quand ses yeux se furent peu à peu habitués à l'obscurité, le cachalot se rendit compte qu'il n'était pas seul dans son cachot. Dans un angle, un bernard-l'ermite l'observait en souriant. Celui-ci rompit le silence :

– Soyez le bienvenu dans mon humble demeure, étranger. Vous verrez, ce n'est pas un trois étoiles de mer : la nourriture est exécrable et le confort laisse à désirer. Enfin, pour le temps qu'il nous reste à vivre, c'est supportable… Mais je ne me suis pas présenté ! Je m'appelle Bernard l'Ermite et je suis artiste peintre. Je présume que vous connaissez certaines de mes œuvres…

– Quoi ? Les faux billets ?

– Eh oui, je suis également faussaire ; que voulez-vous, il faut bien gagner sa vie ! Maintenant que le mérou n'a plus besoin de moi, je ne donne pas cher de ma peau, ni de la vôtre d'ailleurs, monsieur…

– Cachalot. Oscar le Cachalot… Alors cette coquille, dans le coin des billets, c'est bien vous, n'est-ce pas ?

– Ah, vous l'avez remarquée… Je l'avoue, je n'ai pas résisté à la tentation de signer mon œuvre… Mais c'est un pseudonyme, ce n'est pas ma vraie coquille !

– Bon, ce n'est pas tout ça, monsieur l'Ermite, il faut absolument trouver un moyen de sortir d'ici.

– Commencez par vous défaire de vos chaînes, on en reparlera après. Si on s'en tire, je jure de… de me teindre les antennes en vert, tenez !

Les heures avaient passé et le cachalot n'était pas parvenu à se libérer. Il était sur le point de se résigner à son triste sort, lorsqu'il entendit du bruit dans le couloir.

– Cette fois, la fin est proche ! prophétisa Bernard l'Ermite.

Contre toute attente, ce ne fut pas le mérou ou l'un de ses acolytes qui ouvrit la porte, mais le commissaire Bélouga.

– Chef ! s'exclama Oscar le Cachalot. Par quel miracle êtes-vous ici ?

– Ça n'a rien d'un miracle, répondit le dauphin. Cela fait une semaine que je vous fais suivre, Oscar. Avec tous les faux billets que vous laissez derrière vous, j'ai bien cru que vous étiez passé du côté des truands.

– J'ai donc un air de faussaire ?

– Qui sait ? Un faux air de faussaire, peut-être ? Bref, nous vous avons suivi jusqu'à l'hippodrome. En questionnant de nouveau les gagnants que vous aviez interrogés, j'ai compris que vous aviez vous-même été la victime de Titou le Mérou.

Pendant ce temps-là, l'inspecteur Romain le Marsouin libérait le cachalot de ses chaînes.

– Au fait, j'ai un petit cadeau pour vous, Oscar.

Le commissaire Bélouga tendit au cachalot quelques liasses de nautilos.

– Ne vous fatiguez pas à les contrôler, ils sont authentiques, ceux-là. Pris directement dans la caisse du mérou.

– Mais… pourquoi, commissaire ?

– Cet argent vous revient de droit, Oscar. Ne l'avez-vous pas gagné aux courses ? Et puis, grâce à vous, nous avons réussi un joli coup de filet !

– Merci, commissaire. Vous me sauvez ! Sans vous, je ne sais pas comment j'aurais annoncé à Macha qu'elle allait devoir rapporter sa robe au magasin. Je vais pouvoir la lui payer pour de bon !

Oscar libéra lui-même Bernard l'Ermite de ses chaînes... pour mieux lui passer les menottes. Car, prisonnier ou non, c'était d'abord un faussaire.

– Vous voyez, vous vous en êtes sorti !

– Pour aller en prison, merci !

– C'est mieux que rien. En tout cas, n'oubliez pas votre serment.

– Quel serment ?

– Vous teindre les antennes en vert, pardi ! J'ai hâte de voir ça !

WANTED
300000

5
QUI VEUT LA PEAU DU CACHALOT ?

Ce vendredi-là, Oscar le Cachalot sortit de chez lui le cœur léger. C'était son dernier jour de travail avant son départ à la retraite. Il sifflotait. Hélas, sa bonne humeur ne dura que le temps de rejoindre sa voiture, dont on avait crevé les quatre pneus.

– Mes roues ! fulmina-t-il.

Ce modèle, équipé d'un moteur turbot, était doté à la fois de roues et d'ailerons et permettait aussi bien de rouler au fond des mers, comme une voiture classique, que de naviguer entre deux eaux, à la manière d'un sous-marin.

Oscar sortit un téléphone portable de son imperméable et appela une dépanneuse. Machinalement, il posa la nageoire sur le toit de la voiture. À peine eut-il touché la carrosserie qu'il se prit une formidable décharge électrique. Au même moment, un poisson-torpille, planqué sous le véhicule, s'enfuit. Tout autre qu'Oscar y aurait sans doute laissé la vie, mais le cachalot, de constitution robuste, recouvra vite ses esprits. Qui avait donc payé un poisson-torpille pour piéger sa voiture ?

Le cachalot ne se connaissait pas beaucoup d'ennemis, et quoi de plus normal ! Jusqu'à ces dernières semaines, il n'avait presque jamais arrêté de coupables. Quant aux innocents qu'il avait mis par mégarde sous les verrous, ils n'y étaient pas restés longtemps et aucun d'eux ne serait allé jusqu'à commettre un meurtre pour se venger de lui. Seuls Ignace l'Épaulard et Titou le Mérou pouvaient lui en vouloir à mort. Le premier s'était vu privé, par la faute d'Oscar, de la rançon de la fille d'Adèle la Pieuvre et, depuis, il était en cavale. Quant au second, il s'était fait boucler suite à l'enquête du cachalot. Or, il avait été remis en liberté le matin même : nul doute qu'il avait graissé au passage la nageoire à quelque politicard véreux. La coïncidence était trop forte. L'attentat à la voiture piégée sentait le mérou à plein nez !

– Mes roues ! s'exclama de nouveau le cachalot, en contemplant sa voiture. Ou plutôt : Mérou !

Il avait soudain la certitude que le bandit avait engagé le poisson-torpille pour le supprimer.

L'inspecteur arriva au commissariat avec deux bonnes heures de retard. Comme chaque matin, il se dirigea vers la machine à café. Tandis que la boisson chaude coulait dans le gobelet en plastique, il jeta un œil sur les cellules. Derrière les barreaux, plusieurs détenus attendaient qu'on statue sur leur sort : à gauche, un poisson-chirurgien, accusé d'avoir aidé un vieux crabe à mourir, fredonnait un air à la mode pour se changer les idées ; à droite, un espadon sanglotait dans un coin : il avait surpris sa femme avec un autre poisson et, fou de jalousie, avait embroché son rival ; enfin, une raie, au milieu, qui avait été arrêtée alors qu'elle détroussait une baleine, somnolait sur un banc. Dans la pièce voisine, on passait un bar à tabac. Les cris du poisson s'entendaient jusqu'à la cafétéria. Le cachalot poussa un soupir et gagna son bureau. Il n'était pas fâché de tirer un trait sur tout ça !

Oscar le Cachalot était occupé à tailler son crayon lorsque Romain le Marsouin vint le trouver.

– Je ne devrais pas te le dire, Oscar, mais Harry le Hareng a de quoi te faire passer ta retraite en prison, si on en croit les bruits de couloir.

– Hein ? Qu'est-ce qu'il raconte sur mon compte ?

– Je n'en sais pas plus.

– Ça ne peut être qu'un coup monté ! Cet abruti d'Harry a toujours rêvé de prendre ma place. Mais pourquoi aujourd'hui, le jour même où je quitte mes fonctions et où le poste lui revient de droit !? C'est incompréhensible !

– En tout cas, lui conseilla son ami, reste sur tes gardes !

Pendant toute la matinée, le cachalot se retint d'aller trouver Harry le Hareng et de lui faire une tête au carrelet. Or, vers midi, le poisson se risqua dans le bureau de l'inspecteur.

– Bonjour, Oscar, tu…

Harry n'eut pas le temps de terminer sa phrase.

– Hareng, sors ! hurla le cachalot. Ou je te fais la peau !

Le poisson quitta les lieux sans demander son reste. Venait-il présenter des excuses à Oscar pour son attitude indigne ou lui demander un service quelconque ?

Nul ne le saurait jamais. En effet, vers treize heures, Harry le Hareng était retrouvé mort dans son bureau, assassiné d'une balle en pleine tête.

Les soupçons se portèrent aussitôt sur le cachalot. Non seulement l'inspecteur avait un mobile évident, puisque le hareng lui cherchait des poulpes dans la tête, mais on l'avait aussi entendu proférer à son encontre des menaces de mort. Pire encore, Harry avait été tué avec le pistolet de service du cachalot !

Romain le Marsouin dut menotter son ami avant de l'emmener chez le commissaire Bélouga. Comment Oscar allait-il convaincre son supérieur qu'il n'avait pas commis ce meurtre ? Les deux cétacés traversèrent le bureau de la secrétaire – mademoiselle Lulu, une morue jolie mais rondelette, et toujours maquillée de façon tapageuse – avant de passer dans celui du commissaire.

– Ce n'est pas moi qui l'ai assassiné, Firmin. Quelqu'un a certainement volé mon pistolet dans le tiroir de mon bureau et refroidi le hareng.

– Peut-être, mais ça reste à prouver. Les apparences sont contre vous, Oscar : le mobile, les menaces, l'arme du crime… Cela fait beaucoup !

– C'est vrai que je ne pouvais pas sentir le hareng et, je l'avoue, je me suis un peu emporté contre lui ce matin. Mais pourquoi l'aurais-je tué à quelques heures de la retraite, moi qui ai servi la loi tout au long de ma carrière ?

– Harry voulait vous faire plonger, vous ne l'ignorez pas, inspecteur ?

– Non, on m'avait mis au courant.

– En le réduisant au silence de façon… définitive, vous étiez certain qu'il ne vous causerait plus d'ennuis !

– Soit. Admettons que je l'aie tué. Vous croyez que j'aurais laissé mon pistolet bien en évidence sur le lieu du crime ?

– Je reconnais que ce détail me chiffonne…

– En outre, commissaire, je n'ai rien à me reprocher. Qu'est-ce que le hareng avait contre moi ?

Le commissaire Bélouga tira de son tiroir trois sachets en plastique remplis de poudre blanche qu'il jeta sur le bureau.

– Vous savez ce que c'est, inspecteur ?

– Non. De la farine d'algues, peut-être ? Pour faire des galettes…

– Vous vous fichez de moi ?

– Je plaisante, commissaire ! Je vois bien

que c'est de la drogue, mais en quoi cela me concerne-t-il ?

– Le hareng a trouvé ces sachets dans votre placard. Et avec, il y avait ces liasses de nautilos. Ça ne vous rappelle rien non plus ?

– Rien du tout !

– Mais vous savez ce que cela veut dire ?

– Qu'on me suspecte de me livrer à un odieux trafic de drogue, si je comprends bien. Sincèrement, commissaire, vous y croyez ?

– Pourquoi pas ?

– Parce que c'est gros comme une baleine ! Quelqu'un a placé la drogue et l'argent dans mon placard pour qu'on me jette en prison. Peut-être bien le hareng lui-même !

– J'avoue que j'ai du mal à vous imaginer en trafiquant de drogue ou en assassin. Mais si ce n'est pas vous, qui a tué Harry ?

Vous avez une piste, Oscar ?

– Ça se pourrait. Titou le Mérou a piégé ma voiture, ce matin. Et Ignace l'Épaulard court toujours, ne l'oubliez pas ! L'un comme l'autre auraient très bien pu soudoyer le hareng pour me faire accuser à tort, puis se débarrasser de lui, en le tuant avec mon propre pistolet, pour faire retomber les soupçons sur moi.

– Hum… Ça se tient. Je vous laisse une chance, inspecteur. Je vous charge de l'enquête. Seulement, il me faut un coupable dans mon bureau avant ce soir. Jusqu'à preuve du contraire, vous restez le suspect numéro un.

– Comptez sur moi, commissaire !

– D'ici là, tenez-moi au courant. Je veux un rapport toutes les deux heures.

Dès qu'il eut quitté le bureau, le cachalot

gagna en toute hâte l'entrée du commissariat pour soumettre au policier en faction les photos de Titou le Mérou et d'Ignace l'Épaulard. Le plancton n'avait vu personne qui ressemblât de près ou de loin à l'un ou à l'autre. Voilà qui semblait mettre les malfrats hors de cause. Oscar l'interrogea à tout hasard sur les allées et venues de la matinée : le plancton n'avait rien vu.

– Ah, pardon, inspecteur ! se reprit-il. J'allais oublier… J'ai aperçu votre charmante épouse. Ce n'est pas souvent qu'elle nous rend visite !

Cette information ébranla le cachalot. Lorsqu'il avait dit à Macha, au téléphone, que le hareng voulait sa tête, elle avait paru bouleversée, mais à aucun moment elle n'avait parlé de le retrouver au commissariat. Et puis, surtout, elle n'était pas passée dans son bureau. C'était pour le moins étrange.

– En effet, je l'ai vue ce matin, mentit le cachalot pour sauver les apparences.

– Ce matin ? fit le policier en lui jetant un drôle de regard. Vous voulez dire vers midi !

– C'est cela, oui, vers midi. Et naturellement, elle doit être partie à cette heure ?

– Ah ça, non ! Je l'aurais vue repasser.

Encore tout retourné, Oscar se rendit sur les lieux du crime dans l'espoir d'y glaner quelques indices. Le corps du hareng avait été emmené. Sur le sol, à l'endroit où il s'était effondré, les policiers avaient dessiné la silhouette du poisson. Il y avait encore une petite flaque de sang au niveau de la tête. Le cachalot fouilla la pièce de fond en comble. Il finit par mettre la nageoire sur un billet d'aquabus pour deux personnes à destination de Fishtown, ce petit paradis aux eaux chaudes, à l'autre bout du monde, peuplé de poissons multicolores. Jamais Oscar n'aurait pu s'offrir un tel billet ! Or, le hareng gagnait encore moins que lui. Où avait-il trouvé l'argent ? L'inspecteur fut tenté un instant de glisser le billet dans sa poche – après tout, il ne serait plus d'une grande utilité au hareng –, mais il n'en fit rien. Il avait été honnête sa vie durant, il n'allait pas tout gâcher maintenant !

En quittant les lieux, Oscar heurta quelque chose : un bâton de rouge à lèvres. Il l'examina. Sa femme utilisait la même marque. Aussitôt, une pensée terrible lui vint à l'esprit. Et si Macha avait tué le hareng parce que cet affreux poisson voulait lui faire du tort ? Le meurtre accompli, son rouge à lèvres aurait pu tomber de son sac... Non, ça ne tenait pas debout ! Pourquoi aurait-elle laissé son pistolet en évidence, l'arme qui l'accuserait inévitablement ?

Tandis qu'il regagnait son bureau, il croisa sa femme dans un couloir.

– Tiens ! Qu'est-ce que tu fais là, ma chérie ?

– Je te cherchais, répondit-elle, un peu gênée.

– Tu sais bien que mon bureau est à l'opposé !

– Oui, j'en viens, et tu n'y étais pas !

Oscar précéda sa femme jusqu'à son bureau, où ils prirent place chacun d'un côté de la table.

– J'ai appris pour le hareng, commença-t-elle. Il paraît qu'on te soupçonne de l'avoir tué ?

– Oui, me voilà dans de baudroies !

– Allons ! Ne t'inquiète pas ! Ils réaliseront vite leur erreur.

Oscar se sentait assez mal à l'aise. Comment sa femme pouvait-elle prendre cette affaire avec une telle décontraction !? Manifestement, elle lui cachait quelque chose…

– C'est à toi ? fit-il abruptement en lui tendant le bâton de rouge à lèvres. Je l'ai trouvé dans le couloir.

Macha y jeta un œil.

– Ce que tu peux être distrait, mon pauvre Oscar ! Tu sais bien que je ne mets jamais de rouge sur mes lèvres ! Rien que du rose, mon chéri ! Note-le quelque part si tu as l'intention de m'offrir un bâton pour mon anniversaire !

Le cachalot consulta sa montre. Il était déjà l'heure de faire son rapport au commissaire.

– Il faut que je te laisse, dit-il à sa femme en se levant. Je dois voir Bélouga.

Tout en se dirigeant vers le bureau du commissaire, Oscar se demandait ce qu'il allait bien pouvoir lui raconter. D'autant qu'il n'était pas question de souffler le moindre mot sur Macha. Il allait devoir improviser ! Bah ! Ça ne serait pas la première fois !

Lorsqu'il pénétra dans le bureau de la secrétaire, il trouva Lulu la Morue à plat ventre sous son bureau.

– Vous avez perdu quelque chose, mademoiselle ?

– Oui, je ne trouve plus mon bâton de rouge à lèvres.

Oscar ne put s'empêcher tout d'abord de penser qu'elle était bien assez maquillée comme ça. Puis il réalisa l'importance de ce qu'elle venait de dire : le rouge à lèvres découvert dans le bureau du hareng était peut-être le sien !

Le cachalot fit semblant de ramasser le fameux bâton de rouge.

– Ce n'est pas ça que vous cherchez ? lança-t-il d'un air innocent.

La morue mordit à l'hameçon.

– Oh, si, inspecteur ! J'étais bien embêtée. Vous pensez ! Un tube tout neuf ! Je l'ai acheté ce matin !

Oscar n'en espérait pas tant ! Comme le cachalot restait planté devant elle, elle lui demanda :

– Vous souhaitiez voir le commissaire Bélouga, inspecteur ?

– Euh… Oui, en effet.

– Je vais le prévenir.

Tandis qu'elle frappait à sa porte et

annonçait l'inspecteur, Oscar fouilla son sac à la recherche d'un indice qui confirmerait son intuition. Et, par miracle, il tomba sur une photo, dans son portefeuille, qui expliquait bien des choses !

– Le commissaire vous attend, inspecteur.

La morue s'effaça dans l'encadrement de la porte pour laisser le cachalot entrer dans le bureau du commissaire. Mais Oscar se planta en face d'elle et tenta un gros coup de bluff :

– Pourquoi avez-vous assassiné le hareng, mademoiselle Lulu ?

– Je vous demande pardon ?

– Je sais que vous avez tué Harry… votre amant… mais je ne connais pas encore le mobile du crime.

Et il brandit la photo. Elle devait remonter à plusieurs années. Harry le

Hareng et Lulu la Morue étaient tendrement enlacés sur la banquette d'un restaurant chic.

– Vous avez perdu la tête, inspecteur !

– C'est assez ! fit Oscar. Arrêtez votre comédie !

Le cachalot se dressa de toute sa hauteur. Il semblait soudain très impressionnant.

– Avouez votre crime, ou je vous arrache le foie et j'en fais de l'huile ! improvisa-t-il.

Cette menace aussi incongrue qu'effrayante fit perdre tous ses moyens à la morue. L'inspecteur comprit que la partie était gagnée.

– Parlez-moi du billet d'aquabus, poursuivit-il. Vous deviez aller à Fishtown avec Harry le Hareng ?

La morue se mit à sangloter. Oscar lui tendit son mouchoir.

– Justement, non. Cela faisait des années qu'Harry me promettait de partir en voyage avec moi. Chaque fois, c'était pareil : des promesses jamais tenues. Ce matin, lorsque je l'ai rejoint dans son bureau, je suis tombée par hasard sur le billet. Fishtown ! Mon rêve ! Et voilà qu'il m'avoue qu'il part avec sa femme ! Mon sang n'a fait qu'un tour. Je suis allée chercher votre arme, dans le tiroir de votre bureau, j'ai rejoint Harry et je lui ai tiré dessus.

La morue s'effondra en larmes.

Oscar venait de résoudre une nouvelle affaire. Comme la vie était curieuse ! Au moment où le cachalot décidait de prendre sa retraite, la chance commençait à lui sourire. Il hésita un instant, un instant seulement, à reprendre du service. Mais il savait très bien que s'il restait dans la police, sa femme demanderait le divorce.

Deux heures plus tard, Oscar le Cachalot levait son verre pour fêter son départ à la retraite. C'est Macha qui avait organisé le pot à son insu. Oscar comprenait maintenant sa présence au commissariat à l'heure du déjeuner. En l'apprenant, il s'en voulut beaucoup des soupçons injustes qu'il avait nourris envers elle. C'est pourtant elle qui s'excusa :

– Je suis désolée d'avoir été si distante, tout à l'heure. Tu comprends, je voulais tellement préserver l'effet de surprise…

– Tu as été parfaite, ma chérie, comme d'habitude !

Macha avait convié à la fête, outre les collègues d'Oscar, quelques vieux amis : Dédé le Calmar et Adèle la Pieuvre, qui étaient sur le point de se marier ; Mina la Baleine et Rocky le Requin, avec qui il s'entendait mieux depuis que le financier avait renfloué les caisses de son club de pétoncles ; enfin, Max le Crabe et Ziggy le Homard, qui envisageaient de lancer un nouveau journal. Tous avaient contribué aux cadeaux d'Oscar : un imperméable neuf, une jolie crevette grise pour les dîners en ville et un magnifique sac de voyage.

Cependant, une question continuait à titiller l'inspecteur.

– Tout de même, Firmin, demanda-t-il au commissaire Bélouga, le hareng me haïssait-il au point de vouloir me faire coffrer le jour de mon départ à la retraite ?

– Mademoiselle Lulu a fini par nous éclairer là-dessus, Oscar. Le hareng avait touché un gros paquet de nautilos pour vous envoyer derrière les barreaux. Quel que soit le moyen !

– Et vous savez qui l'a payé ? se renseigna l'inspecteur.

– Ignace l'Épaulard. Vous aviez raison, il devait avoir une sacrée dent contre vous, celui-là.

– En tout cas, voilà qui explique le billet d'aquabus.

– Oh ! Vous faites bien de m'en parler, Oscar ! Regardez donc dans la poche extérieure de votre sac.

– Mince alors ! Le billet !

– Il est à vous, Oscar. Mais à une condition…

– Ah oui ? Laquelle ?

– Que vous m'envoyiez un carte postale de Fishtown !

TABLE DES MATIÈRES

Emmanuel Trédez

J'ai toujours aimé les jeux de mots. Enfant, je m'amusais à écrire des histoires à partir de calembours tournant autour d'un thème donné. Je me souviens encore, dans un texte sur les fruits, de « Clémentine a ramené sa fraise pour des prunes » et, dans un autre sur les poissons (déjà !), de « il faut vivre avec son thon ! ». Ma grand-mère était si fière de moi qu'elle lisait mes textes à ses amies entre deux parties de cartes. Par la suite, j'ai continué à faire des jeux de mots, et à en écrire ; je ne pouvais pas rester insensible à de tels encouragements !

C'est également un jeu de mots qui m'a donné l'idée de faire rimer « épaulard » et « polar », et d'écrire une histoire dont l'action se situerait dans les profondeurs de la mer et dont les protagonistes seraient des animaux marins – c'était bien avant que Nemo et ses amis ne peuplent les écrans de cinéma !

Dans *Le cachalot nage dans le potage*, les jeux de mots donnent le ton. On est bien dans la parodie ! Certains sont, à mon goût, joliment ciselés : « Face aux requins-marteaux, sa vie ne valait pas un clou ! » ou « Au commissariat, on passait un bar à tabac ». D'autres ne cassent peut-être pas onze pattes à un calmar, comme dirait la grand-mère de Dédé. Mais tous ont leur place dans ce texte : les uns font briller les yeux quand les autres activent les zygomatiques.